코카서스 3국 여행

세계 최초의 기독교 국가를 가다

코카서스 3국 여행

초판 1쇄 발행 2017년 3월 31일
3쇄 발행 2019년 8월 19일

지 은 이 김로미
펴 낸 이 최지숙
편집주간 이기성
편집팀장 이윤숙
기획편집 허나리, 이민선, 최유윤, 정은지
표지디자인 허나리
책임마케팅 임용섭, 강보현
펴 낸 곳 도서출판 생각나눔
출판등록 제 2008-000008호
주   소 서울 마포구 잔다리로7안길 22, 태성빌딩 3층
전   화 02-325-5100
팩   스 02-325-5101
홈페이지 www.생각나눔.kr
이 메 일 bookmain@think-book.com

• 책값은 표지 뒷면에 표기되어 있습니다.
  ISBN 978-89-6489-700-3   03810
• 이 도서의 국립중앙도서관 출판 시 도서목록(CIP)은 서지정보유통지원시스템 홈페이지
  (http://seoji.nl.go.kr)와 국가자료공동목록시스템(http://www.nl.go.kr/kolisnet)에서
  이용하실 수 있습니다(CIP제어번호: CIP2017007362).

코카서스
3국 여행

세계 최초의 기독교 국가를 가다

김로미 여행 에세이

생각나눔

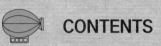

CONTENTS

 제 1 국   아제르바이잔

 제 2 국   조지아

제 3 국   아르메니아

/ 에필로그 /

Piatigorsk
Kisloodsk
Karachay–Cherkess Republic
Prokhladnyy
Chech
Repub
Nalchik
Rep. of Ingushetia
Kabardino-Balkar Rep.
khazia
Gr
Magas
Vladikavkaz
Urus-Mar
Enguri
Rep. of North Ossetia–Alania
카즈베기
Zugdidi
Rioni
South Ossetia
쿠타이시
Tskhinvali
텔라
므츠헤타
GEORGIA
고리
바투미
Adjara
트빌리시
Rustavi
Kura
Artvin
Ardahan
Chorokhi
딜리잔
Gyumri
Vanadzor
TURKEY
Kars
세반
ARMENIA
Lake Sevan
Aras
예레반
인천
Nakhchivan (AZ)
Nakh

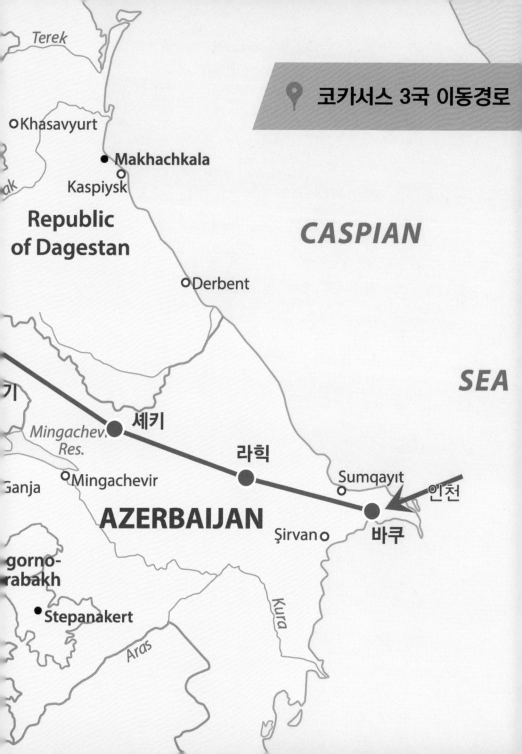

불의 나라
아제르바이잔
AZERBAIJAN

불을 숭상했던 배화교 유적지, 신석기 시대 암각화를 볼 수 있는 고
부스탄, 세계에서 가장 큰 내륙호인 카스피 해와 풍부한 오일 매장량을
자랑하는 이슬람 문화권의 아제르바이잔의 모습을 감상하며 캬라반들
의 실크로드 교역로를 따라가는 여정입니다.

✈ 바쿠 일대

　인천공항에서 러시아 항공 Aeroflot SU251을 타고 모스코바(Moscow)를 경유했다.

　19일 아제르바이잔(AZERBAIJAN)의 바쿠(BAKU) 하이데르 알리예프 공항에 05시에 도착했다.

　불의 나라, 태양이 많이 내리쬐는 곳으로 날아온 것이다.

　바쿠 하이데르 알리예프(공항)의 이름까지도 3대 독재자였던 아버지의 이름이다.

　이 나라는 우리 나라 시골 마을마다 세워진 전봇대 숫자보다 훨씬 많은 석유시추기가 사막 같은 땅 사방에 서 있고, 모두 이 나라에서 관장하며 3,000불의 소득으로 살아가고 있다고 한다.

　바쿠 하이데르 알리예프 대통령의 아들인 4대 독재자는 아버지의 후광 속에서 문명의 혜택을 받으며 살고 있었다.

　조식 후에 바로 세계 7대 자연경관의 28후보지 중 하나인 석기시대 암각화가 있는 고부스탄(Gobustan) 유네스코(UNESCO) 세계문화유산을 방문하다.

▲ 아제르바이잔의 독재자 3대 대통령 묘

▲ 진흙화산

▲ 뽀글뽀글 탁 기어오른다.

▲ 없는 길을 만들어 달리던 고물 택시기사와…

▲ 유전 연못이다(어딜 가든 유전이 쏟아진다).

▲ 7대 경관 고부스탄 자연 동굴에서 살았던 흔적이 암각화로 남아있다.

▲ 고부스탄의 마을

▲ 동물들을 보유하고 있었던 흔적과 마을 사람들에게 비상 시 알리는
바위- 돌로 치면 맑고 높은 소리가 마을 전체에 들린다고 하네요.

▲ 이건 우물이었다.
빗물을 저장해서 식수로도 사용하고, 빨래도 하던 동네 우물.

내 생,
내 삶,
그 어느 것도 나의 것이 아님을 안다.
그래도 늘 잔잔한 물가에 풍성한 먹을 것으로 채워 주시고
이때쯤 떠날 수 있게 알아서 인도해주심에 감사합니다.
나의 삶을 사랑하듯 오늘도 사랑하면서
함께 해주시는 그분, 새로움을 주셔서 감사합니다.

▲ 고부스탄의 농경지다.

▲ 역시 바다는 언제 봐도 좋다.– 점심 먹은 후 차 한 잔

✈ 바쿠-사마키-쉐키

  사막 한가운데 오아시스 같은 주님의 은혜 가득 찬 오늘.

  드디어 코카서스 산맥의 펼쳐진 풍광을 감상하고 본격적인 중세 카라반의 도시 쉐키로 이동하다.

실크로드의 중심지인 쉐키칸 시라이 궁전 탐방

  동서양의 문화가 어우러진 스테인드글라스와 벽화는 그 옛날의 아름다움이 아직도 그대로 살아있는 듯한 여름 궁전.

  카라반 시라이 유네스코 세계문화 유산.

  실크로드의 대상들이 쉬어가던 그 옛날 속에 잠겨서 하루를 묵은 호텔(쉐키 카라반 시라이), 이곳도 곧 박물관으로 남으리라.

▲ 쉐키칸 시라이 궁전(여름 궁전)

▲ 실크로드 대상들이 날라온 유리로 만든 공예의 창문의 정교함.

▲ 쉐키칸 시라이 궁전 아래 있는 쉐키 카라반 시나이 호텔

▲ 아제르바이잔의 전통 악기와 마술쇼가 있는 식당.
뽑힌 우린 조련사래요.

▲ 배화교의 영원한 불꽃이 타던 곳.
이곳의 불꽃이 사라지자, 배화교도 사라지고….

▲ 배화교 아테쉬카(조로아스터) 사원.
그 화려한 불꽃이 사라지고 이젠 불탄 흔적을 걸어두고 있다.
아제르바이잔을 불의 나라로 일커었던 것은 석유생산국이기도
하지만, 집마당 사막지에 전봇대처럼 솟아 있는 석유생산시설은
나라의 부를 상징한다.

▲ 왕의 부인들이 즐겼던 온천목욕탕, 위는 왕의 부인들이 했던 곳.

▲ 물을 막았던 것을 열면 계단으로 되어 있어 아래로…
시녀들이 하던 곳이랍니다.

▲ 옥상의 자살 예방을 위한 가리개

▲ 이 둥근 탑에는 상·하수도가 연결되어 있다.
　물이 올라오는 곳과 내려가는 곳이 분리되어 있다.

제 2 국

—

종교와 와인의 나라
조지아
GEORGIA

인류 최초의 와인 생산지이자 세계적인 품질을 자랑하는 와인의 나라이면서, 때묻지 않은 비옥한 자연에서 난 청정한 음식들이 풍요로운 세계 4대 장수 나라 중의 하나입니다. 역사 깊은 정교회 유적지들, 프로메테우스의 전설을 담고 있는 빼어난 비경의 카즈베키 만년설, 흑해를 품은 비투미 해변, 유럽에서 가장 높은 마을인 메스티아, 조지아(그루지아)는 유럽에서도 각광받는 숨은 비경의 나라입니다.

✦ 쉐키-라고데키-그루지아, 카헤티-시그나기

조지아와 아제르바이잔의 국경도시인 라고데키로 이동, 출입국 수속을 밝고 국경다리를 건너서 조지아로 왔다.

참 재밌는 나라 이름이다.

조지아는 친미 대통령이 바꾼 이 나라의 이름이다.

29세의 미 유학파 대통령이 조지아 주 이름을 옮겨서 미국의 협조로 모든 내각을 젊은 층으로 교체. 부패가 가장 많았던 교통경찰들을 다 새로 뽑아서 나라를 십 년 정도 통치했단다.

그런데 이 나라는 그루지아로 불러도 되는 나라다.

코카서스 산맥이 가져다주는 문명 속에 살면서 소련의 지배에서 독립한 3국.

그 속엔 아직도 이민 공화국이 주던 그때와 똑같은 주택, 의료, 교육비를 무상으로 지원받고, 생활비 10만원으로 살아가는, 나라 이름도 친러 대통령이 다스렸던 때 그 이름 그루지아로 부르고 사는 나라이다.

지금 친미당인 5번과 친러당인 41번인 이 나라 국회의원을 뽑는 벽보 사진이 붙어있다. 찢어진 곳이 있어도 그만인 나라다.

국민소득이 3,000불인 나라.

나 먹을 것은 모두 다 텃밭에서 챙겨먹고 아무것도 불평 없이 사는 나라들이다.

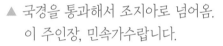

▲ 국경을 통과해서 조지아로 넘어옴.
이 주인장, 민속가수랍니다.

▲ 바베큐로 나온 점심은
양고기가 가장 짙은 색,
노란빛은 돼지고기, 중간
은 쇠고기– 그루지아 전
통 농가에서 식사함.

　그루지아 전통 농가로 방문해서 양, 돼지고기, 쇠고기 바비큐와 하우
스 와인으로 실컷 배부르게 먹고도 포도랑 무화과랑, 다산을 상징하는
석류랑 맘대로 농가에서 따먹을 수 있었다.
　– 우리나라 MBC, SBS에서 촬영한 농가

성리노의 십자가

기독교가 국가의 종교인 나라다.

그루지아에 기독교를 전파한 성리노의 무덤이 있는, 1,000년 전에 세워진 보드베 교회 방문.

1,000년 전 세워진 독특한 원뿔 모양의 교회

마을이 온통 유네스코 유산으로 인정받을 수 있었던 것도 역시 이 교회 때문이다.

너무 위험한 곳에 서서 있는 교회

마을에서 가장 높은 산꼭대기에 있는 교회

1,000년 전 성리노 교회

건축가 아스피쩨에 의해 건축됨.

와인 주산지인 말라자니 벨리 계곡

성리노의 십자가는 포도가 주산지인 포도 나뭇가지를 성리노의 머리카락으로 만든 십자가였다.

이것이 성리노가 머리카락으로
만들어서 사용한 십자가 ▼

해발 800m의 시그나기 민속 마을 탐방

▲ 시그나기 마을 체험
   보드메 교회 – 성리노 무덤이 있다(그루지아에 기독교를 전파함).

▲ 다비드 대왕이 설계하고 건축은 빌더킹에 의해 지어진 교회.
그 교회 앞 고운 소리의 전통 악기를 돌리는 악사, 나도…

▲ 이 전통가수- 음반 판매용이다.

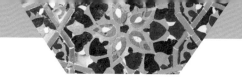

✈ 시그나기-다비드 가레자-트빌리시

　그루지아 최고의 하이라이트, 6세기 다비드 가레자.

　은둔의 가레자와 수도사들이 살았던 바위 동굴의 수도원 탐방.

　비포장 도로를 수없이 달려온 오늘,

　여기는 그 당시 다비드 가레자에겐 하나님이 보여준, 손에 든 돌 세개

만이 유일한 희망지 표시였다.

　근처에는 아무것도 없다. 수도원이란 멀리서 봐서는 알 수가 없다.

　그래서 오늘 각자 도시락을 싸서 들고 다녀야만 했는데 그때는 어떠했

을까?

/ 다비드 가레자 운둔수도원 /

▲ 다비드가레자 손에 든 돌 세 개 무늬가 있는 돌.

 상상이 안 되지만, 바위 위에 돌맹이로 파서 오는 비를 받아서 먹고
살았던 흔적과 빗물을 모으는 물길을 만들어 저장했던 곳이 그대로 남
아있어 그때를 짐작할 뿐이다.
 지금은 소방 물차가 하루 두 번 드나드는 곳일 뿐이다.

▲ 지금 성처럼 둘러진 이곳도 바깥 세상에서 보면 아무 흔적이 없다.

▲ 위에는 신부들의 수도하던 곳이다. 아래에 이렇게 움 푹 파인 곳은
빗물 저장고다.

▲ 마당에 이토록 큰 십자가가
　모양 없이 그저 그대로 서 있었다.

▲ 그 당시 운둔자인 신부들이 모여 들었던 흔적이 그 이후에
계속 이어졌던 그곳. 손에 들고 다닌 것은 각자의 점심이다.

▲ 시오니 교회의 외벽.
그 당시에도 이렇게 화려했다.

✈ 트빌리시-므츠헤타-카즈베키

2016. 9. 23.- 이건 오늘의 우리나라 날일 뿐이다.

중세기 문화 속에 3,000불의 행복 속에 우린 공존하고 있을 뿐이다.

3,000년의 역사를 지닌 카즈베키의 고도 므츠헤타에서 유네스코 세계 문화 유산으로 지정된 즈바리 수도원, 예수님의 옷자락이 묻혀있다. 전해진 스베티츠호벨리 대성당.

▲ 8세기 전에 세워진 교회.
뽀족한 탑으로 된 교회

▲ 나무로 만들어 썼던 물통을 들어다보는 교장 샘과 안 국장님

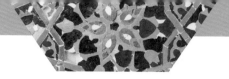

✈ 카즈베키-고리-쿠타이시

카즈베키란 마을 코카서스 산맥이 둘러싼 장엄한곳.
 해발 2,200m의 뾰족한 산꼭대기 정상에 세워진 게르케티 삼위일체
성당.

절벽 위에 선 이 성당은 영(靈)이 살아 있다고 믿는 사람들이 낮은 언덕 위에 주택을 지어 마을을 이루었고, 우린 맞은편 언덕 현대식 목조 건물에서 하루를 묵었다.

마을 건너 산 정상 볼수록 까마득한 곳에 뾰족히 세워진 교회.

비오는 날, 온통 흙탕물인 길을 자동차가 곡예를 하면서 그 옛날 마을 골목길을 올라서 갔다.

앞선 차량의 바퀴가 한쪽으로 들리면 뒤 차량에 탄 사람들이 비명을 지르는 길을 다 지나니 평지 위에 소가 한가로이 풀을 뜯고 있다.

그렇게 올려다 보면 위험천만의 교회도 까마귀가 음식을 숨기던, 가장 안전지대에 세워진 영산의 꼭대기 맞은편 빙벽의 설산이 안개 속에 가려져 있다.

▲ 가장 안전한 곳이라는 곳에 세워진 교회

◀ 여기 삼위일체 성당 맞은
편의 빙벽이 눈부시게 얼
굴을 가린다.

게르게티 성삼위 교회 맞은편
산은 만년설로 뒤덮여 있다. ▼

▲ 원목의 숙소 식당. 원목의 화려한 조명등
－ 방명록에…

방명록에다 사다리까지 있는 서재
－ 이건 다 블박 사장님의 코치다. ▼

▲ 성삼위 일체 교회와 맞은편 원목 호텔 내의 식당과 휴게실

▲ 비 온 뒤에 이른 아침. 이 묘한 산과 수증기의 만남.
역시나 영적인 분위기다.

너희들은 누구에게 보여주려고
그 오랜 세월의 흔적을 걸친 채
그대로 우뚝 솟아
그 먼 세월을 살아 왔느냐?

▲ 긴 세월의 찌꺼기같이 너덜한 옷을 입은 산천.
나무 뿌리에 지탱될 수 없는 세월을 산 흔적이 고스란히 느껴져 온다.

하나님의 사랑이 내리듯이 오늘 하루도 비에 젖고
떠나는 이 아침도 비로 헤어짐을 기억하리라.
블라디캅카스!
고대의 때 찌꺼기 같은 옷을 입은 산천도
오랜 세월을
이겨낸 흔적을 이고 우뚝 솟아있다.
하나님 감사합니다.
이곳으로 인도하여 주시고
내 믿음을 간직할 수 있게 해 주셔서 감사드립니다.
아멘!

▲ 억만 년의 산들도 그 살아온 흔적을 이토록 보여준다.
　이끼들처럼 묵은 때 같은 옷을 입고 있는 산천

▲ 오고 가는 길에 본 이름 모르는 교회다. 이 나라는 기독교 국가다.

카즈베키까지 오가는 도로는 러시아의 군용도로다.

러시아의 군용도로의 탄생은 러시아를 다스렸던 여제 예카페트리제가 군사들을 이용하여 건설한 산업도로다.

1883년, 군사들이 조지아의 코카서스 산맥에 군사도로를 뚫고, 가장 높은 곳에 기념으로 십자가를 만들어 세움.

▲ 러시아 여제가 세운 군사도로에 세운 기념비, 이것이 코카서스 산맥을 넘어와서 3개국을 정복한 기념비다.
카즈베키를 넘어오는 러시아 군용도로다.

1783년, 코카서스 군사도로가 산업도로가 되면서 조지아 와인의 90%가 수출되고 있으며, 교육·의료·주택이 지원되고 있어서 그런지, 게으른 국민성을 가져서 그런지 몰라도 공산품을 수입하는데, 밤새 달려온 컨테이너들이 긴 줄을 서서 국경 통과를 기다리고 있었다.

그리고 비바람이 부는 도로변에 산업도로 200주년을 기념하는 전망대가 있었다.
그루지아의 생활상과 구소련의 생활상이 그려져 있다.

▲ 너무 센 바람과 고산지대에서 맞는 비는 몸 자체의
컨트롤이 어렵다.

▲ 두나라 생활상이 완전히 다르다.

코카서스 정복한 스탈린.

원래 이름은 쥬가시빌리(조지아식=이름), 조지아 고리 출신.

모든 방마다 거울을 달아서 암살에 대비

자는 방도 회의실도 다 거울 방으로 해놓음.

자기가 스탈린의 암살자로 살아남아서 그렇다고 하네요.

하지만 누구나 어머니 앞에선 순한 양이 된다.

스탈린이 모습도….

태어나서 처음으로 접하는 고대 동굴 도시 우플리스치케.

신비함에 절로 탄성이 아우러진다.

어디선가 모랫 바람이 불어와서 볼을 때렸다.

잘못하면 그 바람에 날려갈 것 같다.

바위 뚫린 곳대로 마을을 이루어서 1,500세대가 살았다고 함.

앞에는 강이 흘러서 밤에 고기를 잡아 나르던 동굴이 따로 있었고, 없

는 것이 없는 완벽한 동굴 도시.

감옥에서 약국 마을 중심 회의장소.

복도식 아파트형의 동굴 주택도….

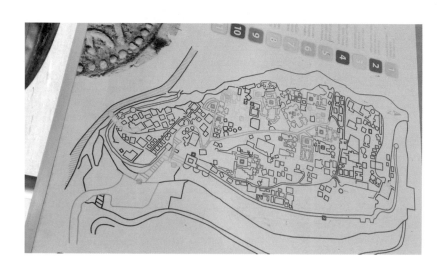

▲ 왕의 거실

▲ 아래 와인 담그던 곳

▲ 마을 공동 회의장소

▲ 자연 채광(바위의 파짐이 창 역할을 한다.)

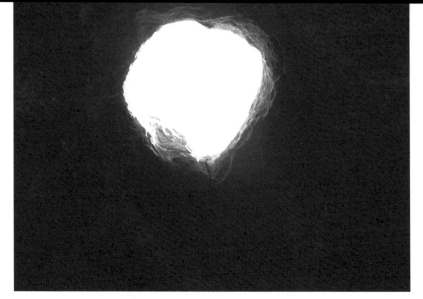

▲ 햇빛이 자연 채광으로 집안을 밝혀준다.

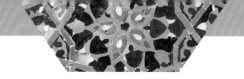

✦ 쿠타이시-바투미

유네스코(UNESCO) 세계문화 유산인
겔라티 수도원 바그라티 교회 방문.
다비드 대왕이 직접 설계해 만든 건축 빌더 킹.
수도원을 들고 있는 다비드 왕.
승전한 페르시아 성문을 떼다 문에 달고
그루지아 위해
자신의 무덤에 기장 큰 돌을 얹어
국민들이 모두 밟고 지나가게 했던 다비드 대왕.
우리나라 무열 왕릉이 생각났다.
게이투 페르시아 문은 그대로인 듯한데
자신의 묘의 돌은 숫돌처럼 닳아서 내려 앉음.
중흥기를 이끌었던 왕의 무덤.

▲ 정말 기독교 나라에 와서 처음으로 접한 예배다.

2016. 9. 25. 중세기 속 난 8일째다.

그루지아의 서쪽 콜키스 왕국의 수도 쿠다이시에 도착하다.

삼보 건축 설계한 도로를 통해 가고 있음.

쿠다이 시 서쪽 수도에서

흑해 바투미를 향해서 Go Go!

바투미 저녁 식사 생선 요리– 고든 피쉬 전문점

우리나라의 세종대왕

이 나라에도 글자를 만든 사람이 있었다.

터키 지역에서 가장 가까운 흑해 바투미.

세라톤 호텔– 등대를 본뜸.

▲ 바투미 최고급 호텔 내 발레라나와 하룻밤을

▼ 화려한 방안 가득한
　발레리나와 셀카에 빠져서….

▲ 이 화려한 호텔 어느 창에서 보든 시간적으로 변하는 바투미 항의
석양이다.

▲ 이 나라 대통령의 걸작품이라고 했다. 바투미에 세운 건물들이 석
　양과 어우러져 장관을 이루는 걸 호텔에서 내려다 보는 난 오늘 행
　운을 잡은 것이다.

▲ 이 밤- 바투미 해변으로 go go.
　코카서스 3국 3,000불 소득 속에 살지만,
　그 화려함은 밤이 주는 불빛과 분수쇼다.

고대 로마제국의 동쪽 끝 고니오 요새

콜키스 로마 병사들이 1,500명 살았던 곳.

1세기 로마제국의 고대 상수도 시설이 그대로 있는 요새.

국경지역에서 가장 오른쪽을 지키던 유적지.

로마 병사들이 전리품을 챙긴 숙박지.

아직도 발밑에 씻긴 금화를 찾을 수도….

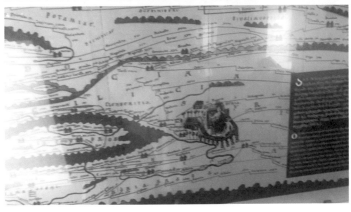

▲ 로마제국 때 상수도관이 이렇게 살아있다.

▼ 난 고니오 요새 속에 서 있다.

메데아 여신상

그리스 포세이돈 신화가 담긴 이아손의 황금양털과 메데아 조각상이다.

▲ 바투미 시내의 그리스신화 이아손과 황금 양털의 메데아 조각상.
메데아 조각상 둘레에 신화를 뒷받침하는 그림들과 조각상이 있다.

▲ 바투미 시내다.– 메데아 조각상 주위의 조각이다.

✈ 바투미-메스티아

오늘은 온종일 저 바다 쪽 만년설이 보이는 곳으로
가도가도 삐죽이 얼굴을 내밀 듯 말 듯 하다.
코카서스 산맥의 스바네티 전통 마을로 향해 가고 있다.

이동 중 중식, 식사 후 그루지아의 스위스라 불리는 스바네티의 메스
티아에 도착했다. UNESCO 세계문화 유산으로 지정된 것은 스바네티
의 굴뚝이다.

유럽에서 가장 높은 곳(해발 2200m)에 위치한 마을로 사방이 높은 산
들로 둘러 싸여있고, 집집마다 꿀뚝이 3층, 5층짜리로 이루어져 있다.

이 전망탑(꼬쉬키)으로 적들이 쳐들어 오는 것을 탐지했다고 하나, 지
금은 주로 헛간(동물들의 겨울 먹이를 쌓아두는 곳)으로 쓰이기도 한다.

꼬쉬키- 3층, 5층

나무 사다리로 되어 있고, 꿀뚝 모양으로 집집마다 하나씩 갖고 있다.

▲ 조지아에서 유네스코에 등재된 마을이다.
　말로만 들던 세계의 가장 장수마을이다.
　꼬쉬기 전망탐을 집집마다 갖고 있는 집들.

▲ 지는 석양에…

▲ 첨으로 들어선 법원– 유네스크 등재 속에 모든 게 바뀌어 가는 마을이다.

▲ 동상도 지금 세운 것.

▲ 스바네티메스토아의 전망 좋은 산장에서 자고 떠오르는 아침 해를
마주한다. 주인장의 아침 사진, 포인트에 앉아서 찍었다.

▲ 남의 집 가축이라고 야단 하며 쫓던 주인장
　－ 가축들의 허로 단장된 정원이다.

▲ 사계절이 늘 함께 존재하는 마을.
떠나오는 길,
그길에선 눈이 마주치면 다 말을 건네는 듯한 산천이다.

▲ 저 빙벽 꼭대기에 세워진 것이 무엇인가를 아는 사람은 없다.
저토록 아름다운 장관을 만드신 하나님은 무엇을 세운 것일까?

▲ 세계 가장 높은(해발 2200m) 마을.
유속이 빠르고 옥빛 색의 끝없이 이어지는 강물.
이명박 정부가 약정한 수력발전소 건설은 딴 나라에서 수주하고
이 전기를 팔아서 예산을 당겨오겠다고 하네요.

2012년, 겔라티 친미 대통령이 도로를 개통한 날

본인이 직접 운전해서 하루 종일 생방송을 탄 곳으로 우리도 간다.

점심 메뉴도 친미 대통령이 먹은 것으로 똑같은 식당에서 먹었다.

스파네티 네스티아 마을 장수마을

▲ 주그디디 식당의 추어탕, 맛이 있는 음식들이었다.
　이 나라 친미 대통령이 먹었다던 그 식당이다.

▲ 갈 땐 햄버거를 먹었다.– 주그디디 식당

✈ 카즈베키-트빌리시

2016. 9. 27.
아침 9시 53분, 메스티아 테트눌디 호텔을 떠나면서
유네스코 지정 꼬쉬끼 마을,
5,200m 설산을 고이 바라보면서 아침 해를 삼키고
하나님의 고마움을 실감했다.
그리고 긴 여행길을 보내는 젊은 산장 주인은
햇살에 붉어진 얼굴을 하며 우리를 내내 놓치지 않으려 애쓴다.
햇살 탓 하면서 한쪽 눈을 가린 채 아무도 보아주진 않건만
긴 의자에 앉은 채로 배웅하고 있었다.
눈이 아리도록 보는 그 맘을 알 것도 같아
다시 와서 그 얼굴 보면서 얘기 나누고픈 곳
엄마가 떠나는 길도 저렇게 보지 않으리.
9시 53분 떠나오다.

백년을 살랴!

사계절 세월을 덮고 사는 마을
끝없는 길을 되돌아 간다.
몇 만 키론지도 모르는 산길을 굽이굽이 이쪽 한 자락이며 저 쪽이 한 자락 밑이 보이지 않고 앞길도 없다.
돌아돌아 지나온 길을 봐도 길도, 강물 줄기도 없이 겹겹이 에워싼 산들만이 고고적 세월을 덮고 산다.

그저 햇볕이 비치면 양떼랑 소떼, 개도, 돼지도 함께 풀을 뜯고
굽이굽이 강물 유속이 빨라, 휘감아 돌다 보이는 언덕배기엔 드디어 사람이 사는 집이 나온다.

저곳에서 100년을 살며 뭐하랴!
보고픈 이 있는 곳도 못 와서 못 보고

저곳에서 100년을 살며 뭐하랴.
내 사랑하는 이 아리도록 봐라. 봐도 가쁘면 그만인데

그토록 아린 눈물들이 흘러내려 아예 연초록 보석 물이 되어
5,000미터에서 저 낮은 강으로 바다로 내달려 오나 보다.

우시봐 4,700미터의 낙타 봉오리가 나타났다.
등반가에겐 가장 무서운 보좌같이 보이는 산
위험이 있는 산
감사합니다.

그저 옛날 평화스런 이들이 땅이 주는 안식으로 살았던 곳
그저 햇살 속에 있는 곳, 장수마을
이곳
하루를 달려서 오고
하루를 달려가도
시간이 허락됨을 감사하자.

뭔가 말을 거는 산
그곳엔 누구를 위해 저토록 아름답게 솟아서
평화스런 신비를 보이고 있을까?

우린 하루를 달려가고
하루를 달려와서 이 나라 친미 대통령이 먹었다던, 같은 점심을
어제도, 오늘도 똑같은 식당에서 마주하면 그뿐이지만

그곳은 천년
만년 똑같은 시계울림 속에 자고 눈 뜨리라.

아!
이 가슴의 아픈 여운은 어디에서 오는 걸까?

갈 때 그저 가는가 보다 하고 가고
가서 보고 자고 나오는 나.

10시 30분.
우리가 타고 오는 버스 저 밑바닥에 쪽빛 강물이 처음으로 보임.

11시 20분, 주그디드 레스토랑에 도착.

여기서 한 시간 친미 대통령이 2012년 길을 개통하고 갈 때도 올 때도
들른 식당, 먹은 돼지고기 햄을 먹고 오늘 그루지아 추어탕을 먹는단다.

12시 35분 시내 도착, 점심 먹음.

제 3 국

—

슬픈 역사를 간직한 나라
아르메니아
ARMENIA

　노아의 방주가 도착한 아라라트 산을 품고, 세계 최초로 기독교를 국교로 공인한 나라로 유서 깊은 정교회 성물들, 해발 1,900m에 위치하고 60km 길이에 달하는 광대한 세반 호수의 아름다움을 간직하고 있습니다. 또한, 고난한 외세의 침입과 가난에도 굴하지 않고 그들만의 고유 문화와 전통을 간직하고 있는 나라입니다.

✈ 트빌리시-아르메니아 국경-시나헌-세반

today-11

아르메니아 국경을 향해 고고!

비자랑 여권이 필요하다.

아르메니아, 볼 것도 많고 맛난 것도 많다.

기오리기(남성들 대부분의 이름처럼/리노는 여자들 대부분의 이름)

have nice meet you!

have nice day & meet you!

주는 것 없어도 좋은 나라.

처음이자 아마도….

국가에서 관리하는 상어알(캐비어).

세계 여러 음식 중에서 가장 비싼 것이 아닐까? 1g에 1달러이다.

난 218g 상어알을 공항 면세점에서 사고 vip 고객이 되었다.

▲ 10세기 때 세워진 교회이나, 현금은 받지 않는다고 하네요.

10세기에 지어진 하그파트(haghpat)와 시나헌 수도원은 아르메니아의 대표적인 교회건축물로 유네스코 세계문화 유산에 등재되어 있다(또한, 이 곳은 301년에 세계최초로 기독교를 공인한 것으로도 유명하다).

10세기에 지어진(970년 착공/966년 착공) 두 수도원은 문화적 가치는 높으나 관리상태는 매우 위험해서 현금은 받지 않는다고 한다.

▲ 외벽 모퉁이 마당 세워진 십자가

▲ 알라베르디의 시나헌 수도원
  – 10세기 때 세워진 교회다.

10세기 때 교회- 시나헌 수도원

하그파트 수도원(UNESCO 세계문화유산)

두 수도원에서 책이 발견 – 도서관에 있음

▲ 땅구멍들은 옹기가 묻혀있다.

　- 이속에서 발견된 것은 성경과 책들. 공부를 가르쳤다고 한다.

▲ 미그기를 만든 사람– 아르메니아 인
이 시나헌 교회에서 나오면 미그기를 만든 아르메니아인의
긍지가 보인다.

▲ 화산으로 인해서 생긴 응애암
따뜻하고 통풍이 잘되어서 이 아파트 돌만 팔아도 어마어마한 부
를 지닐수 있다 하나 이들은 no!!!
– 응애암으로 지은 건축물

▲ 하그파트

▲ 왕비의 모습이라고 한다.

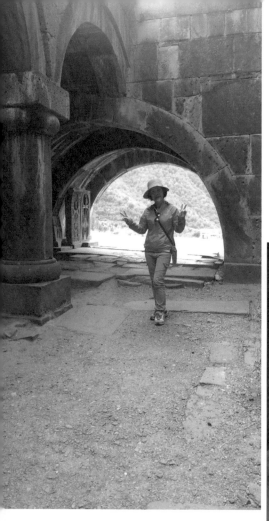

▲ 시나헌 교회와 하그파드 교회는 왕
비가 두 쌍둥이 아들을 위해 떨어진
곳에 세운 교회라고 함.

세계에 유일한 천상의 세계와
현존하는 하나님 설명
- 박종완(블라디미르박) ▼

▲ 지진으로 산아래 마을이 생겼다 하네요.

▲ 지진으로 산이 갈라져서 산꼭대기 원래 살던 집들이 따로 있으나, 지금 공장도 집도 산 아래 형성되어 있다.

▲ 저 꼭대기 마을이 원래 동네라네요.

▲ 이 나라의 가스관.
지진에 대비하여 도로를 따라서 외관이 형성 마을에 오면 입구에
서부터 구부러진다.

▲ 차를 타고 다니다 보면 도로 옆으로 이
런 관들이 이동을 한다.

✈ 가르니-게그하르트-예레반

내 몸의 에너지가 아직은 건재함을 느낀다.
세반 호수에서 아침을 먹고 나서 이동
예수님을 찌른 창이 묻힌 곳
사원과 1세기 전에 태양신을 모신 곳
성서상에 가장 먼저 만든 것이 포도주

13세기에 세워진 게그하르트 교회

태양신을 모신 가르니 신전이 있는 예례반 입성
제일 먼저 반겨준 아라라트 산의 두 봉오리
하나님의 은혜로 가득하다.
가이드도 올해 처음으로 보게 된다고 하였다.

성가대와 에코

성가대가 따로 있어 고음이 잘 들리게 건축 양식들이 되어있다.

기둥 밑 반석이 둥글게 되어 있고, 높은 천장으로 에코가 20초 동안이나 진동하게 해놓았다.

고운 음성이 모여서 20초 동안 맴돈다.

석굴 교회의 성가대

처음 듣는 한마디의 노랫소리가 소름이 끼쳤다.

▲ 이 합창단이 천상의 목소리인지, 아니면 20초의 에코로
   인한 건지 몰라도 전율에, 소름이….

117

▲ 이 에코는 돌기둥의 둥금과 천정의 둥굼에 있다고
하네요.

▲ 하나님의 세계가 예수님의 십자가와 옆의 제자들
－ 현존 세계가 함께한다.

▲ 지금 예배가 이루어지지 않는
교회 성막 안이 다 걷혀있다.

▲ 예수님을 찔렀던 당시의 창이랍니다.

▲ 아르메니아 전통 빵, 모든 것을 싸
서 먹는다.
－전통 빵을 굽는 곳에다 이렇게 고
기를 굽는다.

주상절리(유네스코 세계문화유산)

2008년, 상태를 잘 보존한 것으로 유네스코 보존상 받음.

아짜트 계곡.

▲ 주상절리다.
　세계에서 가장 웅장하다. 아마도….

▲ 박쥐떼들의 날갯짓 소리가 이 밝은 곳에 서면 들린다.

▲ 오르간의 하프가 움직여 주는 음악의 소리를 듣다.

▲ 억만 년의 무게를 들고 있는 나

▲ 이건 장작나무가 아니다. 절대로….

▲ 광명시 국장댁과 영덕댁의 만남. 다 감사합니다.

▲ 이름 모를 묘비(?)에 앉다.

예레반 중세 고대 문서 보관소인 Matenadaran박물관

사진은 No! 15불로 나만이 찍을 수 있었다.

항아리에 보관되었던 성서는 타다 남은 검은 빛으로, 그나마 볼 수 있어 참으로 다행이었다.

▲ 우리나라 세종대왕- 뒤에는 과학자들이라네요.

▲ 15달러에 산 사진기사 자격으로 찍은 사진들이다.

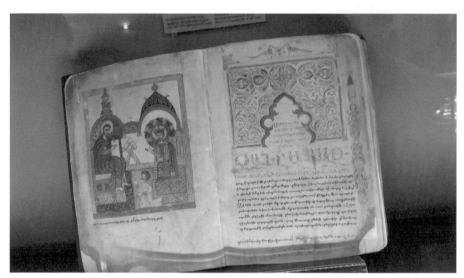

ՀՈԳԵՎՈՐ ՊԱՐՏԵԶ
ДУХОВНЫЙ САД
SPIRITUAL GARDEN

Կոստանդնուպոլիս, 1866 թ.
Константинополь, 1866 г.
Constantinople, 1866

▲ 책의 색감은 식물과 곤충에서 얻어진 것으로 아라라트
산에서 나온 것으로만 했답니다.

▲ 드디어 내눈에 뜨인 한 조각의 타다 남은 책
 – 교회 항아리 속에 있던…

Ձեռ. 1436 թ., Ղրիմ, գրիչ Oqսhul
Рук. 1436 г., Крым, писец Огсент
Ms. of 1436, The Crimea, scribe Ogsent

ՏՈՒԱՑՈՒՑ
ЦЕРКОВНЫЙ КАЛЕНДАРЬ
CHURCH CALENDAR

▲ 그 당시의 항아리속에 있던 성경책

카르멘 공연

카르멘 공연은 dress code가 있어서 구두를 샀다.

이 한 장의 사진으로 충분했다.

▲ 아르메니아 국립극장에서 카르멘 공연

▲ 난 이 여행에서 이 한 장으로 모든 걸 다 뽑았다!

CARMEN

opera in 2 acts, 4 scenes

Libretto by H. Meilhac and L. Halévy,
based on the novel of the same title by Prosper Mérimée

Scene 1. A square in Seville. Opsarsa. The soldiers are observing the
people who appears, seeking José who is supposed to come a bit
later, but never changes. The beautiful peasant woman takes herself off
when the soldiers are looking about her.

The soldiers with the guard shift. The captain Zuniga is interested in the
women working on the cigarette factory. José is not. His heart is devoted to
Micaela.

The factory workers are on break. Along with the workers, surrounded by
admirers, Carmen appears. José is the only man to disregard the gypsy. That
makes her indignant. She throws a flower to José to challenge him and
makes back to her work.

Fascinated by Carmen. The girl's charm has cast a spell upon the man.
Micaela returns. She brought little money, big love and a letter from his
mother.

A disturbance happens, the fuss starts at the factory. José enters the factory
bringing Carmen with him, and telling Zuniga that there was a fight between
women, Carmen wounded one of the women with a knife.

▲ 아르메니아 국립극장에서 카르멘 공연 관람

아라트라 산이 제일 잘 보이는곳
기독교 교회 전파에 가장 중요한 곳
빛을 밝힌다는 이름 코비랍 교회

그레고리 신부님.

이 나라 왕이 그레고리 신부로부터 세례받은 곳, 그 터에 사원을 지음.

아르메니아에 기독교를 전파한 그레고리 신부가 13년 동안 동굴에 갇혀 살았던 수직 7m 땅굴이 존재하는 코비랍 교회.

301년 기독교를 국교로 받아들인 아라라트 성.

피오르니아 자격단은 아르메니아 왕을 죽이고,

도망가서 살다가 아들이 가파도 교회에 성인이 되어 신부님이 된 후에 아버지가 왕을 죽인 나라에 기독교를 전파하기 위해 온다.

왕의 아들이 적군의 아들인 신부를 코비랍 교회 땅굴에 가두어 둠.

그 땅굴은 7미터나 되는 곳으로, 전갈과 뱀이 있어 물려 죽든가 굶어 죽거나 하는데, 신부님을 따르는 신자들이 먹을 것을 넣어주어서 13년 동안 살았다고 한다.

아르메니아 왕이 이름 모를 병을 얻은 후에 회개하고,

그레고리 신부를 땅굴에서 13년 만에 석방시키고, 왕이 세례를 받고 이 나라를 기독교 국가로 세웠다.

2001년도, 아르메니아 정교를 인정한 프란치스코 교황.

프란치스코가 방문하여 7미터 땅굴까지 보고 간 것을 기념하여 외벽에 형상을 만들어 덧붙여 놓았다.

아라라트 산으로 가는 오늘도 태양이 눈부시다.

여기서 가장 가까이 볼 수 있는 지금은 터어키.

아르메니아와 터어키의 경계선은 푸른 망대가 일정한 간격으로 이어져 있을 뿐이다.

▲ 프란체스코 교황이 다녀가신 기념비를 여기에….

▲ 뒤쪽 노아의 방주가 도착했던 아라라트산 봉우리다.

▲ 아버지 시대 적의 아들들.
한 사람은 왕이요, 한 사람은 신부가 되어 전교하러 왔다가
13년동안 7미터 수직굴에 던져져서 살아남았다.
그 신부한테 세례를 받고 이 나라는 기독국가가 된다.

▲ 예수님이 세례를 받는 모습으로 그 당시 그린 그림이다.

▲ 한 사람이 겨우 내려오고 올라가는 수직 땅굴 7미터다.

▲ 노아의 방주에서 내려온 비둘기상이다.

✦ 예레반의 빅토리아 파크-케스케이티 야외공원

500계단을 90년 동안 건설하고 있음.
바위를 파서 계단을 만들기 때문이고,
돈이 없어서 100계단씩 매년 작업한다고 한다.

입구 샹들리에, 대한민국 사람이 만든 것임.
2층에도 우리나라 사람이 폐타이어로 찢어서 사자상을 만듦.
세르난도 볼테르의 뚱뚱한 고양이
뚱뚱한 병사 고추가 작음. 배설 안 됨.
자본주의를 비웃음는 동상들이 코믹하다.
90년 동안 아르메니아의 카페시안 회사가 이 공원을 만듦.
카프시안 작품과 이 도시의 설계안을 들여다보고 있는 건축가 동상이
있다.

▲ 내가 오늘 몰고 가는 사자상은 우리나라 사람이 폐타이어로 만든 작품.

▲ 여긴 야외공원의 계단을 순수한 돌로 만들고 있다.

▲ 아르메니아 정부청사 12개의 창문은 12개의
수도를 뜻한다고 한다.

▲ 아르메니아의 어머니상- 아주 강인하다.
이 강함이 이 나라를 지탱해 왔으리라.
300만 명 자국민을 돕는 해외 700만 명의 아르메니아인

▲ 예레반의 명동거리인 공화국 광장의 분수쇼는 바로 부를 상징하는
불꽃의 쇼이기도 했다.

✈ 예레반-모스크바-서울

4세기에 세워진 게하르트(창끝)교회

옹기브스로부터 창을 받아서 보관하던 교회였다 함.

창끝 교회 석굴 양식

지하세계로 기독교 성물들을 가져와서 둠.

세계에서 가장 오래된 성당- 성 마더 대성당(유네스코 세계문화유산)

성당 내 박물관에 보관 중인 3가지 성물

아라라트 산에 도착한 노아 방주 파편

예수님이 못 박힌 십자가 파편

에수님의 옆구리를 찌른 로마 병사의 창

성물들이 모인 이유-

중세유럽 왕들이 나라를 다스릴 때 하나님을 대신해서 통치한다는 증거물로 내세우기 위해, 또한 교황이 권한을 주던 당시엔 성물들이 필요했던 것이었다.

▲ 기둥만으로 짐작이 간다.
그리스신화 태양의 신전이다.
이곳에도 아라라트 산이 잘 보인다.

▲ 마더대성당
흐립스민 수녀원과 가이얀 교회

▲ 성당 내 보물 3가지
 – 아라라트산에 도착한 노아의 방주 파편
 – 예수님이 못 박힌 십자가 파편
 – 예수님의 옆구리를 찌른 로마 병사의 창

▲ 십자가 중앙에 파편이 있다.

▲ 원장수녀다.
　- 천상의 상금이 기다리고 있는 모습까지도….

▲ 천상의 모습을 이처럼 그림으로 그려서 남겼다.

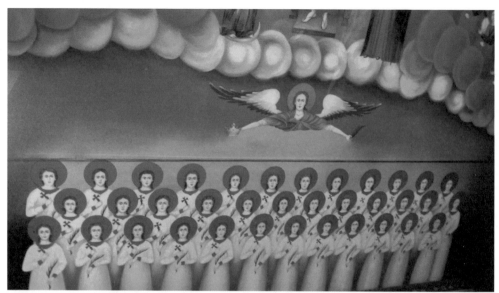

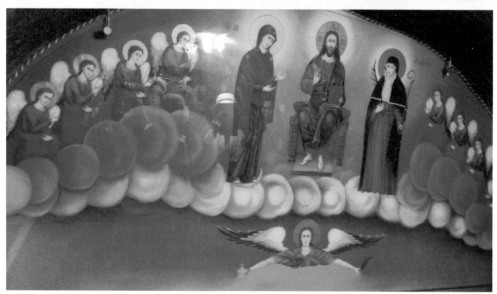

▲ 35명 수녀들의 죽음도 천상의 상금이….

▲ 예수님의 12제자들의 모습이 이렇게 다 있다.

▲ 150만 명을 죽음으로 몰아넣은 걸 잊지 않으려고 세운 기념탑.

▲ 이 영원한 불꽃은 150만 명의 국민이 대학살당한 것을 잊지 않기 위해서 세운 천장은 아물지 않는 상처와 기억을 영원히 할 것을 표현한 것이다.

연삼일 동안 환한 얼굴을 보여주었던 아라라트 산.
난 안다. 그리고 믿는다.
하나님이 합력하여 선을 이루어 가심을.
기도가 합쳐짐으로 이루어진 것으로 늘 하나님의 일하심을 믿는다.

아르메니아에 주님의 은총이 함께하길 바랍니다. 아멘!

무거움 속에서 많은 걸 느꼈다.
그래서 알리고자 남긴다.
갈 땐 아무것도 모르고, 기독교 국가라는 것과 와인이 주산지라
는 것 말고는 별로 알려진 게 없는 나라.

교회란 우리나라처럼 예배와 기도, 성경말씀에 의지해서
24시간 살아도 되는 나라가 아니었다.

동방정교란 것도 알게 되었다.
그저 누구나 와서 기독교든 카톨릭이든
자기가 믿는 종교를 위해서
기도만 하는 신부는 등을 보인 채 서 있고,

대중을 향해 기도하는 목사나 신부는 예배를 보는 것이고,
신부가 신을 향해 기도할 때 혼자서
안에 들어가서 등을 보이면서
기도하는 것을 통합해서 동방전교라 하는 것 같았다.